अशोक अरोरा की प्रतिनिधि ग़ज़लें

लेखक

स्व. अशोक अरोरा

संपादक

रश्मि अभय

सन्मति

ISBN: 978-81-945072-2-2

प्रकाशक

सन्मति पब्लिशर्स एण्ड डिस्ट्रीब्यूटर्स

बी—347, संजय विहार,

मेरठ रोड, हापुड़—245101 (उ0प्र0)

website : www.sanmatiindia.com

email: sanmati555@gmail.com

मो. 8439645104, 7302710291

प्रथम संस्करण: 2020

आवरण

RETROTEK

कुछ बातें

सुबह 5 बजे उठकर फ्रेश होकर यूनिवर्सिटी घूमने जाना फिर 7 बजे तक लौटकर आना ।

चाय बनाकर मेरे साथ चाय पीना और बी.पी. (एच) की और मल्टी-विटामिन की दवाई खाना; साथ ही साथ गीता का एक श्लोक, उसका अर्थ लिखकर कृष्ण भगवान की तस्वीर को सुन्दर सा कलर करके सभी को व्हात्सपप पर पोस्ट करना, यही सुबह का काम था । फिर कविता, शेर-शायरी, भजन कुछ भी लिखने को कलम चलती रहती थी । सारा दिन कविता, ग़ज़ल, भजन, शेर-शायरी इत्यदि सभी लिखते थे । कहीं बाहर किसी के घर या गॉसिप नहीं करते थे । प्रत्येक रविवार को सुबह 2 घंटे के लिए साईं वृद्धआश्रम जाते थे । 'पी.एल.शर्मा हॉस्पिटल' में अपने साथियों के साथ मरीजों की सेवा में जाते थे । उन मरीजों के लिए दवाई, फ्रूट, जूस इत्यादि (3-4 लोगों के साथ) लेकर जाते थे ।

दूसरों की सेवा में हमेशा तत्पर रहते थे । अपनी लाइफ में पूरी नौकरी दिल्ली में की थी । सुबह 4 बजे उठकर नहा-धोकर पूजा-पाठ करते थे । रोज गीता का पाठ करते थे । मंगलवार को हनुमान जी का व्रत रखते थे । बच्चों व बच्चों के बच्चों को बहुत प्यार करते थे । ऑफिस में समय से जाना, ऑफिस के बहुत ही करीब थे । सबका सम्मान करते थे और ऑफिसर भी उनका बहुत सम्मान करते थे । फैमिली में सभी से प्यार करते थे । उनकी फैमिली में ये केवल तीन भाई थे । अशोक जी सबसे बड़े बाकी दोनों भाई वेल सेटल्ड हैं । अपनी-अपनी फमिली में खुश हैं । माँ हैं जो अभी 90 वर्ष के करीब हैं । आस-पड़ौस सभी से अच्छी मुलाकात थी । अपने दोस्तों के साथ भी बहुत ही मिले जुले थे । सबसे बड़ी बात यह है कि खुश मिजाज थे । सभी से हँसी-खुशी बोलना, पल भर में सभी को अपना बना लेते

थे। अपने परिवार में भी (खानदान) सभी उनसे बहुत खुश रहते थे। अपने ससुराल में भी अपनी ख़ास जगह बना रखी थी।

जन्म 1953, 9 मई को हुआ था। सन् 2013 मई 31 को सेवानिवृत्त होने के पश्चात् अपना अधिकतर समय कविता लिखने में ही व्यतीत करते थे। SAS का एग्जाम सन् 1980 में पास किया था; जिसमें पूरे भारत में अव्वल स्थान प्राप्त किया था। CDA में सरकारी नौकरी की थी। अपनी जिन्दगी में कभी बीमार नहीं पड़े परन्तु अचानक ही 5 जुलाई को सुबह सैर करने के पश्चात् घर पर आए तो अचानक सर दर्द हुआ और पता चला कि ब्रेन हेमरेज हो गया।

भूमिका

अशोक अरोरा जी जिन्हें मैं 'पापा' बोलती थी, हालाँकि वक़्त के चक्रव्यूह में फँसकर हम कभी एक दूसरे से मिल नहीं पाये फिर भी बहुत अनोखा था हमारा रिश्ता।

मुझे अच्छी तरह याद है कि उस दिन 'फादर्स डे' था जब उन्होंनें मुझे कॉल किया था और बहुत ही प्यार से पूछा "बेटा जी आप मुझे फादर्स डे पर विश नहीं करोगे।" उनका प्यार और उनकी आत्मीयता दिल की गहराइयों को छू गई और इस तरह परोक्ष रूप से मैं उस घर की बड़ी बेटी बन गई।

ये मेरा दुर्भाग्य था कि जब वो मम्मी के साथ मुझसे मिलने आये तो बेटे को चिकेन पॉक्स होने की वजह से मैं उनसे मिल नहीं पाई, तब मुझे तनिक भी आभास नहीं था कि वक़्त के क्रूर हाथों के वो शिकार हो जायेंगे। पापा बहुत ही सहज और सरल हृदय के व्यक्ति थे। मैं उनसे तो नहीं मिल पाई लेकिन ज़िन्दगी से एक सबक पाया कि वक़्त गुज़र जाने पर पछताने से बेहतर है कि उस वक़्त को बांध लो। वो अपने पीछे एक ममतामयी माँ और तीन प्यारी प्यारी बहनें दे गए जिनसे मैं उस वक़्त तक मिल नहीं पाई थी। ऐसे में एक दिन जब छोटी अंजली का कॉल आया उसकी बेटी के जन्मदिन पर आमंत्रण के लिए तो मैंने सोच लिया कि अब फिर कोई गलती नहीं होगी। वहाँ जाकर मैं सबसे मिली और एक पल के लिए भी मुझे ये नहीं लगा कि मैं सबसे पहली बार मिल रही हूँ। उसी दिन पापा की रचनाओं की चर्चा मैनें माँ से की क्योंकि पापा अक्सर मुझसे यही कहते थे कि "बेटा जी हम दोनों मिलकर

छोटी-छोटी रुबाइयों का एक कलेक्शन निकालेंगे।" मगर उनकी ये ख्वाहिश उस वक़्त पूरी नहीं हो पाई। अब उनकी ये ख्वाहिश हम सब की जिम्मेदारी थी।

माँ ने बहुत प्रयास से उनकी रचनाओं को कलेक्ट कर पेन ड्राइव में मुझे दिया। जब मैंने उस ड्राइव को खोला तो आश्चर्यचकित रह गई क्योंकि समाज का ऐसा कोई मुद्दा नहीं था जिस पर पापा की लेखनी ना चली हो। शायद विरले ही ऐसे लोग होते हैं जो किसी भी मुद्दे पर बेहिचक लिख सकें। पापा 'साईं' के बहुत बड़े भक्त थे, शायद इसीलिए 'साईं' को हम लोगों से ज्यादा उनकी जरूरत हो गई। मैंने देखा है कि उनकी रचनाओं में बहुत सारी रचनाएं साईं पर भी लिखी गई हैं। बेशक वो रुमानियत से भरे हुए एक सशक्त इंसान थे.. मैंने कभी उन्हें किसी बात पर नाराज होते हुए नहीं पाया ना हीं कभी किसी दौड़ में शामिल होते देखा। शायद इसीलिए वो हर दिल अज़ीज थे।

मेरे लिए उनके बारे में लिखना बहुत कष्टप्रद है क्योंकि मुझे ऐसा महसूस होता है कि अभी भी मेरे कानों में उनकी आवाज़ गूंज रही हो। मुझे उम्मीद ही नहीं बल्कि पूरा विश्वास है कि उनका ये संकलन बहुत ही अच्छा जाएगा, खास तौर से उनकी जो अभिव्यक्ति बेटियों के लिए है वो निश्चित ही सराहनीय है क्योंकि ऐसी रचनाएं एक सरल हृदय पिता ही लिख सकता है।

पापा की रचनाओं में एक तरफ जहाँ रुमानियत के साथ-साथ समाजिक कुरीतियों का जिक्र है वहीं दूसरी तरफ उनकी देशभक्ति भी नज़र आती है। उन्हीं के ग़ज़ल की दो पंक्तियां हैं...

अँधेरे चंद लोगों का अगर मक़सद नहीं होते

यहाँ के लोग अपने आप में सरहद नहीं होते।

साथ ही साथ ज़िन्दगी को बयां करने का भी एक अलग अंदाज है। जैसे...

चले हैं घर से तो फिर धूप से भी जूझना होगा

सफ़र में हर जगह सुन्दर-घने बरगद नहीं होते।

पापा में एक बहुत बड़ी खूबी थी कि वो ज़िन्दगी को बहुत ही सकारात्मक रूप से देखते थे। हर इंसान के जीवन में उतार चढ़ाव आते रहते हैं, मगर मैंने उन्हें किन्हीं भी परिस्थितियों में तनावग्रस्त नहीं देखा। बेशक उन्हें भी तनाव होता होगा मगर वो उसे बखूबी अपने तक ही सीमित रख लेते थे।

आज के परिवेश पर उनकी एक रचना की चंद पंक्तियां हैं...

ज़मीनी हर हकीकत से वो कट गया यारों,

ना तजुर्बेकार वज़ीरों में वो फंस गया यारों..

चला था नेक इरादे से भलाई के रस्ते जो..

राजनीति के दलदल में वो धंस गया यारों।

इसी नज़्म की आखिरी दो पंक्तियां किस तरह इस समाज की सच्चाई को उभारती हैं...

'तमाम शहर उसके लिए जार जार रोया 'अशोक'

पता चला जबकि बे-मौत वो मर गया यारों...॥

मैंने पापा की हर रचना को अपने दिल के बहुत करीब पाया है और मुझे सिर्फ उम्मीद ही नहीं बल्कि पूरा यकीन है की कविताओं और गज़लों का ये संग्रह उनके हर दिल अजीज दोस्तों को बहुत भाएगी।

मेरे लिए 'अशोक अरोरा' जी यानि पापा के बारे में लिखना कभी भी आसान नहीं रहा, मगर उनके अधूरे ख़्वाब को पूरा करना अब हम सब की जिम्मेदारी थी। उम्मीद है कि इनके अजीज मित्र और तमान पाठकों को उनका ये संकलन बहुत पसंद आएगा।

शुभकामनाओं सहित सादर नमन

'रश्मि अभय'

पटना

1.

औरों की उदासी का सबब पूछते रहे हम..
खुद के बारे में... कभी ना सोचा किये हम

औरों के लिये खुशियाँ तलाशते रहे हम
खुद के बारे में... कभी ना सोचा किये हम

औरों के घरों को बसाते रहे संवारते रहे हम
खुद के बारे में... कभी ना सोचा किये हम

आज ज़िन्दगी जब दाँव पर लगी है अपनी
नज़र चुरा के उनको दूर जाते हुऐ देखा किये हम

जो बात ज़िन्दगी भर ना समझ सके हम...वो बात
अपनी बेरुखी से समझा के जाते हुऐ उनको देखा किये हम

अभी तो कुछ नहीं बिगड़ा अभी उम्र बाकी है "अशोक"
तलाश ले वो खुशियाँ जिन्हे अब तक ना तलाशा किये हम।

2.

जब भी मौसम ने ली है अंगड़ाई
तेरी याद चुपके से है चली आई

छाई जब घनघोर घटा काली अम्बर पे
मुझे तेरी आँखों के काजल की याद आई

चमक रही थी बिजली जब दूर बादल में
मुझे तेरी आँखों की चमक याद आई

टपक रहा था बूँद-बूँद पानी जब बारिश का
मुझे तेरी भीगी ज़ुल्फ़ाँ से टपकते मोतियों की याद आई

गुलाब की पंखुड़ी से फिसलते आब को देख
मुझे तेरे होठों से छू कर गिरती हुई शराब याद आई

जब भी देखा बादलों को आँख मिचौली खेलते चँदा से
मुझ को तेरे चाँद से गोल चेहरे की याद आई

सूरज की पहली किरणों ने जब छूआ धरती को...
मुझे तेरी अंग-अंग से निकलते नूर की याद आई।

3.

ज़मीनी हर हक़ीक़त से वो कट गया यारों
ना तजुर्बेकार वज़ीरों में वो फँस गया यारों

चला था नेक इरादे ले भलाई के रस्ते जो
राजनीति के दलदल में वो धंस गया यारों

तहरीर तो अच्छी थी जो उसने लिखी थी
पर अपने किरदार में वो उलझ गया यारों

किया था वादा जिसने साथ साथ चलने का
मंज़िल से पहले ही अब वो मुकर गया यारों

तमाम शहर तब उसके लिये ज़ार ज़ार रोया '"अशोक"'
पता चला जब की बे-मौत वो मर गया यारों ।

4.

अभी तक हैं वहीं पर हम मिला उनसे नहीं कुछ भी
किये वादे सभी झूठे हमारे साथ बरसों से

हुआ मुश्किल यहाँ जीना नज़र आती नहीं मंज़िल
जिधर देखो नज़र आता उधर बेकार बरसों से

छुपे बैठे यहाँ क़ातिल कदम हर भेड़िये जैसे
सगे अपने यहाँ अपने रहे हैं मार बरसों से

शिकायत है नहीं कोई वतन से प्यार है अपने
हमें इतना बता क्यूँ बीच धरम दिवार बरसों से ।

5.

दूर   से   देखकर   मुस्कुराता   रहा
वो   हमें   यूँ   हमेशा   लुभाता   रहा

था हसीं वो बहुत एक ग़ज़ल की तरह
दिल   उसे   देखकर   गुनगुनाता   रहा

एक नशा था भरा झील सी आँख में
जाम   पीता   रहा   लड़खड़ाता   रहा

झील सी आँख में था नशा एक भरा
जाम   पीता   रहा   वो   पिलाता   रहा

दूर   से   देखकर   मुस्कुराता   रहा
वो   हमें   यूँ   हमेशा   लुभाता   रहा

था हसीं वो बहुत एक ग़ज़ल की तरह
दिल   जिसे   देखकर   गुनगुनाता   रहा

एक नशा था भरा झील उन आँख में
पी   जिसे   मैं   सदा   लड़खड़ाता   रहा

काम   मेरा   हुआ   चाहना   अब   उसे
था   मुझे   ताउमर   जो   सताता   रहा

साथ   अपने   रहा   या   रहा   दूर   वो
प्यार   जन्मों   मगर   है   निभाता   रहा   ।

6.

अँधेरे चंद लोगों का अगर मक़सद नहीं होते
यहाँ के लोग अपने आप में सरहद नहीं होते

न भूलो, तुमने ये ऊँचाईयाँ भी हमसे छीनी हैं
हमारा क़द नहीं लेते तो आदमक़द नहीं होते

फ़रेबों की कहानी है तुम्हारे मापदण्डों में
वगरना हर जगह बौने कभी अंगद नहीं होते

तुम्हारी यह इमारत रोक पाएगी हमें कब तक
वहाँ भी तो बसेरे हैं जहाँ गुम्बद नहीं होते

चले हैं घर से तो फिर धूप से भी जूझना होगा
सफ़र में हर जगह सुन्दरघने बरगद नहीं होते ।

7.

कोयला चुरा के देश के नेता और व्यापारी ले गये
पेड़ काट के लकड़ी सारी जंगल से ठेकेदार ले गये

कैसे नसीब होगा खाना सबको मेरे मुल्क में
भूखे सो रहे लोग, मुनाफा कहाँ से कहाँ ले गये

कैसे मयस्सर होगी शिक्षा देश के नौनिहालों को
तिजौरी भर के शिक्षा सारी अंगूठा छाप ले गये

दहशतगर्दी खत्म करने की बात है हौंसला नहीं
देखिये सरहद पे सर काट के दहशतगर्द ले गये

लिख गये संविधान में "अशोक" धर्मनिरपेक्ष है हम
झगड़े दे गये मूल संविधान को अपने साथ ले गये ।

8.

कौन कहता है किसी को हक नही मिलता यहाँ
कीजिये कर्तव्य तो मिल जायेंगे अधिकार भी

जंगलों में छेड़ता है कौन ये सरगम भला
कौन नदिया और हवा को दे रहा झंकार भी

मत उछालो दूसरों की दोस्तो मजबूरियाँ
वक्त के आगे सभी कमजोर हैं लाचार भी

प्यादेभी चल कर मुकद्दर से बना करते वजीर
जिंदगी शतरंज सी है और हर किरदार भी

धर पकड़ होने लगी अब स्याह जर ओ' माल की
है अजब अंदाज उसका है गजब सरकार भी

छोड़ दी उनकी गली जो खुद समझ बैठे खुदा
अब 'प्रखर' करता नही मनुहार भी दरकार भी

इश्क़ का हासिल यहाँ हैं अश्क़ भी औ' दर्द भी
जानते हैं जबकि सब है इश्क़ ये एक मर्ज़ भी

है कभी अहसास देता इश्क़ मौसम गरम का
और हो जाता कभी ये इश्क़ मौसम सर्द भी ।

9.

ले थाम हाथ मेरा और चल साथ मेरे
इस जहां से अलग एक आशियाना बनाते हैं

खुश्बू से प्यार की अपने आज को महकाते हैं
छत-ओ-दीवार को उसकी अपने ख़्वाबों से सजाते हैं

प्यार ही प्यार बसे इस अपने आशियाने में
आ आपसी विश्वास की एक अलख जगाते हैं

खाद से मुहब्बत की, मिला बीज अपने अरमानों के
आ अपने आशियाने में कुछ हसीन फूल उगाते हैं

खुशियाँ जहां भर की जहाँ तेरे दामन में रहें
आ अपने आशियाने को हम स्वर्ग से सुन्दर बनाते हैं

ले थाम हाथ मेरा और चल साथ मेरे
इस जहां से अलग एक आशियाना बनाते हैं ।

10.

धड़कनें दिल की हर किसी को सुनाई नहीं जाती
रस्म-ए-उल्फ़त हर किसी से निभाई नहीं जाती

छोड़ गया है वो मुझको ये सबको बताऊँ कैसे
आग खुद घर में अपने हाथों लगाई नहीं जाती

लोग चले आते हैं अक्सर दिल बहलाने मेरा
मगर उनके आने से भी मेरी तन्हाई नहीं जाती

निगाहें दर पर लगी रहती है बारहा अब तो मेरी
इक उम्मीद उसके आने की आज भी नहीं जाती

आवाज़ उसकी अक्सर जगा देती है रातों को मुझे
उसके बाद की गुजरी सबको सुनाई नहीं जाती।

11.

शहर में पत्थरों के पत्थर हो गया है
ज़िन्दा है वो मगर वजूद खो गया है

अब नहीं खिलते फूल इस ज़मीं पर
सब कुछ यहाँ बंजर जो हो गया है

खुशियों का था बसेरा जहाँ पर कभी
शहर वो ख़ामोश इक नींद सो गया है

अब्र रहमतों के अब तो बरस जाओ
दर पे ख़ुदा के देखो वो कबका रो गया है

मैं कमज़र्फ़ (तुच्छ) ख़ुदारा ये क्यूँ भूल बैठा, के
रह पत्थरों के बीच तू भी पत्थर हो गया है।

12.

जो तुम न होते तो हम न होते
ये मौसम न होते ये घटायें न होतीं
ये गुनगुनाती हुयी हवायें न होतीं
फूलों पे शबनम के मोती न होते

जो तुम न होते...

इतनी हसीन ये दुनिया न होती
ये राहें न होतीं ये वादी न होती
ख़्वाबों में हम तुम यूँ खोये न होते

जो तुम न होते...

न आँखों से पीते न छाता नशा
ज़ुल्फ़ों से सावन यहाँ बरसे न होते
फ़िज़ा में मुहब्बत के ये मंज़र न होते

जो तुम न होते...

दिन से ज़्यादा इसलिये ही रात भाती है मुझे,
मेरी दादी बैठकर क़िस्से सुनाती है मुझे

भूलने की जब भी कोशिश, मैं तुझे करने लगूँ
याद की ख़ुशबू तुम्हारे पास लाती है मुझे

वो लता मंगेशकर से भी लगे सुर में अधिक,
जब मेरी माँ लोरियाँ गाकर सुलाती है मुझे

है कुआँ इस ओर तो खाई भी है दूजी तरफ़,
ज़िन्दगी ऐसी भी राहों पर चलाती है मुझे

चाँद ने सूरज से पूछा- रोज़ का चक्कर ये क्यूँ?
तब कहा सूरज ने, ये धरती लुभाती है मुझे

जो भी दिन गुज़रे हैं वो फिर लौटकर आते नहीं,
बस यही इक बात रह रहकर सताती है मुझे।

14.

बहारों ने कभी फूलों की मक्कारी नहीं देखी
निभाई हो कभी शूलों ने भी यारी नहीं देखी

यहाँ छोटी बड़ी हर बात पर तुम रूठ जाते हो
ख़ुदाया हमने तो ऐसी अदाकारी नहीं देखी

हमारी राह में काँटे बिछाने से न कुछ होगा
हमारे इस सफ़र की तुमने तैयारी नहीं देखी

यहाँ अपने पराए में सदा ही भेद रहता है
परिन्दों में कभी हमने ये बीमारी नहीं देखी

अगर उनसे मुहब्बत थी तो खुलकर कह दिया होता
मगर शब्दों की हमने ऐसी ख़ुद्दारी नहीं देखी

'शरद' अब भी ग़ज़ल के साथ इक घर में ही रहता है
कभी लोगों ने उसकी कोई लाचारी नहीं देखी।

15.

तूफ़ां ने खुशियों का मंज़र छीन लिया
उसने मुझसे मेरा ही घर छीन लिया

यह ताकत की बात नहीं थी, हिम्मत थी
दुर्बल ने क़ातिल से खंजर छीन लिया

साथ दिया जिसने रोगी का सालों तक
मौत ने उसका वो ही बिस्तर छीन लिया

घेराबन्दी की बादल सेना ने और
सूरज से किरणों का गट्ठर छीन लिया

मुझको सत्ता में पहुँचाकर लोगों ने
खुद से ही मिलने का अवसर छीन लिया

तिकडमबाज़ी ने सम्मान दिलाया पर
मुझसे मेरे फ़न का मन्तर छीन लिया

भूख,   गरीबी, लाचारी के पंजों ने,
कुछ बच्चों का बचपन अक्सर छीन लिया ।

16.

जब वतन की बात चलती है तो खुश होता है दिल
जब अमन की बात चलती है तो खुश होता है दिल

देश पर गन्दी नज़र डाले सदा उस शख्स के,
जब दमन की बात चलती है तो खुश होता है दिल

द्वैष, नफ़रत की भड़कती जा रही इस आग के,
जब शमन की बात चलती है तो खुश होता है दिल

कान फ़ोड़ू शोर वाले गीत के आगे कभी,
जब भजन की बात चलती है तो खुश होता है दिल

फूल खूशबू बाँटते निस्वार्थ हो ऐसे किसी
जब चमन की बात चलती है तो खुश होता है दिल

लिख के मुंशी जी गए जो सब कथाएं श्रेष्ठ हैं
जब कफ़न की बात चलती है तो खुश होता है दिल

यूँ तो बातें हैं 'शरद' दुल्हन के जीवन में कई,
जब सजन की बात चलती है तो खुश होता है दिल ।

17.

ज़िन्दगी की साँझ ज्यों ज्यों ढल रही है
एक बस तेरी कमी ही खल रही है

मुँह लगा है ख़ून परवाने का उसके
शाम होते ही शमा फिर जल रही है

हौसला तो देखिए इस नाव का भी,
मूंग छाती पर नदी की दल रही है

चाल अपनी ज़िन्दगी ने कब कि चल दी
मौत अब तो चाल अपनी चल रही है

चार पहियों पर सदा चलता था,उसकी
चार कन्धों पर सवारी चल रही है

वो 'शरद'रोटी भी तेरी छीन लेंगे
दाल अवसरवादियों की गल रही है ।

18.

कभी जागीर बदलेगी, कभी सरकार बदलेगी
मग़र तक़दीर तो अपनी बता कब यार बदलेगी?

अगर सागर की यूँ ही प्यास जो बढ़ती गई दिन दिन,
तो इक दिन देखना नदिया भी अपनी धार बदलेगी

हज़ारों साल में जब दीदावर होता है इक पैदा
ओ नर्गिस! अपने रोने की तू कब रफ़्तार बदलेगी?

सदा कल के मुकाबिल आज को हम कोसते आए,
मगर इस आज की सूरत भी कल हर बार बदलेगी

वो सीना चीर के नदिया का फिर आगे को बढ़ जाना,
बुरी आदत सफ़ीनों की भंवर की धार बदलेगी

'शरद' पढ़ लिख गया है पर अभी फ़ाके बिताता है
ख़बर उसको न थी क़िस्मत, जो हों कलदार बदलेगी।

19.

उन हसीं लम्हों को फिर आबाद करना
तुम कभी बचपन के दिन भी याद करना

लौट आएं फिर से वो गुज़रे ज़माने
तुम खुदा से बस यही फ़रियाद करना

दिल तुम्हारा भी उड़ेगा आसमां में
क़ैद से पंछी कोई आज़ाद करना

तुम न रहना नाखुदा के ही भरोसे
तुम खुदा को भी सफ़र में याद करना

कब मिलेगा वक़्त जो हमको मिला है
बेवज़ह ही मत इसे बरबाद करना

मोम की मानिन्द रखना दिल को अपने,
हौसले को पर 'शरद' फ़ौलाद करना ।

20.

इस जहां में अब ये किस्सा आम है
प्यार जो करता है वो बदनाम है

वो तो इंसां को खुदा है मानता
इस तरह का मुझ पे इक इल्जाम है

सारी दुनियां को वो ठोकर मारता,
जिसके हाथों में सुरा और जाम है

खुश है वो बाजी बिछा कर मुल्क़ में,
जिनके पत्तों में तुरुप भी राम है

या खुदा अगले जनम ये मत कहूँ
पिछले जन्मों का ही ये अंजाम है

कह गए रहिमन कि पानी राखिए
आजकल रोटी का महँगा दाम है

ज़िक्र जिसका हर जुबां पर आ रहा,
उसके होठों पर 'शरद' का नाम है ।

21.

दर्द के साथ दोस्ती कर ली
इसलिए मैंने खुद्कुशी कर ली

अश्क़ आँखों में क़ैद रह न सके
दिल की हालत की मुखबरी कर ली

उनकी आँखों में जो सागर देखा
हमने आँखों में इक नदी कर ली

ज़िन्दगी को संवारने के लिए
हमने बरबाद ज़िन्दगी कर ली

हाले दिल जब किसी से कह न सका
मैंने हमराज़ डायरी कर ली

अब इबादत का घर भी साफ़ नहीं,
हमने उसमें भी गन्दगी कर ली

मेरी हिम्मत की दाद दें, मैंने
शायरों बीच शायरी कर ली

दोस्त उसका भी क्या बना तू 'शरद'
इस जहां से ही दुश्मनी कर ली।

22.

बहुत से लोग नंगे पाँव जब सड़कों पे चलते हैं
उन्हें बस देखने भर से हमारे पैर जलते हैं

न जाने क्यूँ खुदा करता है इतना भेद बच्चों में
कोई महलों में रहते हैं कोई गलियों में पलते हैं

ये दौलत हाथ का है मैल कहते है सुना सबको
जिन्हें मिलती नहीं है वे तभी तो हाथ मलते हैं

भले सूरज के जैसा कोई भी बन जाए दुनिया में
पर ऐसे लोग भी जब वक़्त आता है तो ढलते हैं

बुजुर्गों की बदौलत ही रिवायत है अभी ज़िन्दा
नहीं तो हम सभी बस वक़्त के साँचे में ढलते हैं

बिना सोचे, बिना समझे जो कुछ भी बोलते रहते,
कुछ ऐसे शख़्स ही दुनिया में सब लोगों को खलते हैं

ग़ज़ल सुनकर 'शरद' की लोग आपस में लगे कहने
रहा सुनने को कुछ बाक़ी नहीं, अब घर को चलते हैं।

23.

यारी जो समन्दर को निभानी नहीं आती
ये तय था सफ़ीनों में रवानी नहीं आती

ये सच है हवा ने ही दगा कर दिया वरना
क्या हम को पतंगें भी उड़ानी नहीं आती

साँपों के शहर में समझो मौत है उसकी
जिसको भी मधुर बीन बजानी नहीं आती

सारे ही सुब्बूतों की जुबां बन्द जो रहती
लोगों के जेहन में ये कहानी नहीं आती

रिश्तों में भी बदलाव ज़माने में है आया
अब याद गर्दिशों में भी नानी नहीं आती

सीने में समाई है मेरे प्यार की दौलत
वैसे भी हमें पीठ दिखानी नहीं आती

कुछ तुम भी अपनी बात कहो हम भी तो बोलें,
हर रोज़ ऐसी शाम सुहानी नहीं आती

जब छाए 'शरद' महफ़िल में लोग ये बोले
औरों को ऐसी चीज़ सुनानी नहीं आती ।

24.

जब तलक़ आसमान बाकी है
पंछियों की उड़ान बाकी है

अभी लंका ही ठीक है सीता
अभी इक इम्तहान बाकी है

चीर ज्यों द्रोपदी का बढ़ता गया
उसका अब भी लगान बाकी है

शेर पेड़ों पे चढ़ नहीं पाए
इसलिए ये मचान बाकी है

कैसे निर्दोष मैं कहूँ खुद को
अभी तेरा बयान बाकी है

ये ग़ज़ल सबको भली लगती है
इसके शे'रों में जान बाकी है

माल लूटा 'शरद' रकीबों ने
अब तो बस दास्तान बाकी है ।

25.

तलवारें जब भी मियान में ख़ुद को क़ैद समझतीं हैं
ऐसा दौर तभी आता है ख़ून की नदियां बहतीं हैं

बचपन हँसी ख़ुशी बीता करता था जिनको सुन सुनकर
वे कहानियाँ दादी के होठों पर आज तड़पतीं हैं

उनका धीरज टूट गया या यह ऐलान-ए-बगाबत है
बिन मौसम जो आज बदलियाँ चारों ओर बरसतीं हैं

दुःख में भी मस्ती बिखेरना सीखे कोई कलियों से
पल भर का जीवन पाकर भी देखो खूब महकतीं हैं

अपनों से आतंकित हो कर चलें दूसरी दुनिया में शायद
अब ये सोच मछलियाँ खुद ही जाल में फँसतीं हैं

वही ढाक के तीन पात हैं चाल वही बेढ़ंगी है
कहने को तो कितनी ही सरकारें 'शरद' बदलतीं हैं ।

26.

आंतड़ियों से मिलकर उसका जाने ये क्या हाल हुआ
ख़ंजर का चेहरा भी देखो शरम के मारे लाल हुआ

एक समन्दर के बावत बस इतना ही हम जान सके
कई कश्तियां लील गया वो तभी तो मालामाल हुआ

फूलों ने तानाशाही का वो भी आलम देखा है
जिसने गर्दन ऊँची की गुलशन में वही हलाल हुआ

मुझे देखते ही वो उठकर जब चुपचाप लगे जाने
समझ गया कि मेरे नाम पर उनके घर में बबाल हुआ

चाँद पे जब आदम पहुँचा तो देख वहाँ की हालत को
इसीलिए क्या घर छोड़ा था मन में एक सवाल हुआ

ज्योतिषियों ने मेरे मरने का जो दिन बतलाया था
निकल गया पर मौत न आई दिल में यही मलाल हुआ।

27.

इन दुकानों में सजा सामान सब बेकार है
पहले जैसा अब कहाँ पर तीज या त्यौहार है

दीप थोड़ी देर ही जलकर के देखो बुझ गए
अब न वैसा तेल है न तेल में वो धार है

खिड़कियाँ ही जब मकानों की सड़क की ओर हैं
फिर शिकायत क्यों? सड़क का आदमी बदकार है

सिर्फ़ नेताओं की बातें, क़त्ल, चोरी, अपहरण,
बस यही मिलता जहां वो मुल्क़ का अख़बार है

तुम मुबारकबाद दिल से दो या मत दो ग़म नहीं
खा के दावत, दो लिफ़ाफा ये बचा व्यवहार है

भेद अश्कों ने कभी ग़म और ख़ुशी में न किया
दोनों सूरत में छलककर कर दिया इज़हार है

क्यूँ जनम लेता नहीं किस सोच में बैठा है वो?
आज भी धरती पे चारों ओर अत्याचार है

तू 'शरद' यारों की खातिर चैन से कब रह सका
तुझको आता ही नहीं करना कभी इनकार है ।

28.

हमारी मिन्नतों पर वो अगर कुछ ध्यान न देता
ज़माना नाम उसको फिर कभी भगवान न देता

मुझे हर हाल में चाहत तुम्हारी ज़िन्दा रखनी थी
तुम्हारे इक इशारे पर मैं वरना जान न देता

न होती उसको मेरे चैन से सोने की जो चिन्ता
मुझे आराम करने के लिए शमशान न देता

हुकूमत न रही उसकी, खबर ज़ाहिर न की उसने
यही डर था कि फिर कोई उसे सम्मान न देता

सज़ा उसकी सुनी तो मैं भी अन्दर तक तड़प उठा
यही अब दिल में आता है कि मैं वो बयान न देता

शहीदों की चिताओं पर लगेंगे सिर्फ़ अब मेले?
अगर वो जानता तो देश पर बलिदान न देता ।

29.

ग़र ज़माने का करम उसको कभी खल जाएगा
वो सज़ा हमको मिलेगी सब यहाँ जल जाएगा

यूँ तो हमने खैरियत लिख दी उन्हें मज़मून में
हम शिकस्ता हाल हैं उनको पता चल जाएगा

इतनी बारिश में अगर जो घर तुम्हारा बह गया
फ़िक्र क्या है अब ख़ुदा के घर में तू पल जाएगा

हमने पूछा उस जगह अब क्यूँ इबादत बन्द है
हँस के बोले कुछ दिनों तक हादसा टल जाएगा

डाकिए ने मौत की चिट्ठी न पहुँचाई 'शरद'
ये समझकर, जो यहाँ आया है सो कल जाएगा।

30.

जब दिलों में प्यार का मंज़र बनेगा
देखना उस दिन ख़ुदा का घर बनेगा

बन गया अपने वतन का वो तो लीडर
कुण्डली में था कि जो तस्कर बनेगा

है यकीं इक दिन ख़ुदा देगा मुझे भी
पर न जाने कब मेरा छप्पर बनेगा

साँस ले ली बाप ने भी आख़िरी अब
फूल जैसा भाई भी नश्तर बनेगा

लग गई फिर आग कच्ची बस्तियों में
सुन रहे इक सेठ का दफ़्तर बनेगा

अब भटकने का 'शरद' को डर नहीं है
उसका रहबर मील का पत्थर बनेगा ।

31.

इतना ही अहसास बहुत है
वो अब मेरे पास बहुत है

उसके आगे सच्चे मन से
दो पल ही अरदास बहुत है

क़िस्मत न हो सीता जैसी
महल हैं कम बनवास बहुत है

जो हैं पानीदार यहाँ पर
उनकी देखो प्यास बहुत है

ये सुनना गाली लगता है
'तू अफ़सर का खास बहुत है

अन्तिम इच्छा पूछ रहे हो
जब जीने की आस बहुत है

जो मज़हब सबको जीने दे
उस पर ही विश्वास बहुत है

कुछ सराहते ग़ज़ल 'शरद' की
कुछ कहते बकवास बहुत है ।

32.

मैं चाहे जितना भूलूं वह ज़माने याद आते हैं
खुमार–आलू दमाज़ी के फ़साने याद आते हैं

हमारी उम्रे–रफ़्ता वापस आ जाती है कुछ पल को
कभी जब यार अपने कुछ पुराने याद आते हैं

न पिज़्ज़ा था न बर्गर था थी बिरयानी कबाब अंडे
भर आता मुँह में पानी जब वो खाने याद आते हैं

मेरा पैमां–शिकन दिलबर और उसकी दिल-शिकन बातें
वह झूठी क़समें वह झूठे बहाने याद आते हैं

हज़ारों दिल जिन्हें सुनकर धड़क उठते थे मस्ती में
रफ़ी साहब के नग़में वह पुराने याद आते हैं

कभी दौर-ए-जवानी भूल बचपन में अगर झाँका
तो क़िस्से और भी क्या-क्या न जाने याद आते हैं

पड़ी जब डांट अब्बू की तसल्ली देना अम्मी का
सताना बहनों का भाई के ताने याद आते हैं

'हसन' है याद-ए-माज़ी भी मदावा दर्द-ए-हाज़िरका
बुरे हालों में अक्सर दिन पुराने याद आते हैं ।

33.

दुनिया जो भी मांगें, वो उन को सब देना
मेरे साँई मुझे अपनी चरणों में जगह देना

कोई तुम्हें याद करे या ना करे साँई
हर किसी की मुरादों को तू पूरा कर देना

बदल गये हैं बन्दे तेरे तेरी दुनिया में
नेक रास्ते पर उन्हें फिर से चला देना

आपसी भाईचारे के जो दीप जला करते थे
वो दीप फिर से साँई सब के दिलों में जला देना

खून बहुत बह चुका है आदम का वतन में मेरे
सब के दिलों में फिर से साँई फूल मुहब्बत के खिला देना

दुनिया जो भी मांगें वो उन को सब देना
मेरे साँई मुझे अपनी चरणों में जगह देना ।

34.

ऐ दिल जरा सम्भल जा तू
ये क्या हिमाकत तू कर बैठा

सर-ए-आम सब के सामने
क्यूँ इज़हारे मोहब्बत कर बैठा

वो भी इज़हारे मोहब्बत कर देगा
ये कैसे नादाँ तू समझ बैठा

अब दिल में ही रख हसरतें अपनी
क्यूँ चिरागे मोहब्बत जला बैठा

35.

तेरे बिन कहीं चैन ना आये तो क्या करूँ
तेरी मस्त निगाह मुझे बुलाये तो क्या करूँ

तेरी हर एक बात मुझे याद आये तो क्या करूँ
गुलों को देख तेरा चेहरा याद आये तो क्या करूँ

तेरी जुल्फों से सावन की घटा याद आये तो क्या करूँ
तेरे होंठों से छलकते ज़ाम याद आयेँ तो क्या करूँ

तेरे माथे की बिन्दिया की चमक याद आये तो क्या करूँ
तेरे हाथों की चूड़ियों की खनक याद आये तो क्या करूँ

तेरे लोंग का लशकारा मुझे याद आये तो क्या करूँ
तेरे मेहन्दी लगे हाथों की महक याद आये तो क्या करूँ

तेरी पायल की छम छम मेरी नींद उड़ा जाये तो क्या करूँ
तेरे पहलू में गुजरी हर शाम मुझे याद आये तो क्या करूँ

तेरे साथ गुज़रा हुआ हर एक पल मुझे याद आये तो क्या करूँ
तेरे बिन "अशोक" को अपनी दुनिया लुटती नज़र आये तो क्या करूँ।

तू खुद में झांक दीवाने तुझे खुदा मिलेगा
ना इंतेज़ार कर उनका उनसे तुझे धोखा मिलेगा

बात मोहब्बत की तुझसे जो अब तक करता रहा
अब तुझे वो किसी ओर दर पे खड़ा मिलेगा

नींद ले गया जो साथ रातों की तेरी
तुझे चैन से वो बिस्तर में सोता मिलेगा

गाता रहा जो तुझ संग मोहब्बत के नगमें
किसी और संग वो तुझे गीत गाता मिलेगा

जो ढूँढता रहा तुझ से दूर जाने के बहाने
वो तुझ को तुझ पे इल्ज़ाम लगता मिलेगा

बात करता रहा जो "अशोक" तुझ से मिलन की
किसी और के पहलू को वो सजाता मिलेगा ।

37.

यूँ ना दूर रह अब तो पुकार ले
मेरी ज़िंदगी को थोड़ा तो आराम दे

ऐसे ना जान लेमेरी तू मान ले
अपनी खामोशियों को अब तो तोड़ दे

ज़िन्दगी हसीन है ये तू भी जान ले
कुछ पल ज़िन्दगी के मेरे संग गुजार ले

बीता हुआ कल तो बीता हुआ पल है
आज को मेरी जान आ जा संवार ले ।

38.

मेरी ज़िन्दगी तराशते रहे वो लोग
जो थे मुझे तोड़ के जाने वाले

मेरी लाश को नोच-नोच के खाते रहे वो ही
जो थे मेरी लाश को कफन ओढ़ाने वाले

किसी और से शिकवा हम क्या करते
छोड़ गये वो ही जो थे साथ निभाने वाले

मेरे घर में ही रहे वो मेहमान बन के मेरे
वो जो रहे मेरा क़त्ल कर के जाने वाले

आज भी बसते हैं मेरे तसव्वुर में
वो मेरी खातिर दिल ओ जान लूटाने वाले

ऐसा लगता है मुझे से कुछ नाराज़ है वो
चल तेरी खातिर-ऐ-दिल हम उसे हैं मनाने वाले

मेज़बाँ मिले नहीं अभी तक मुझ से
कसूर उनका है जो हैंमुझे इस महफिल में लाने वाले

अभी तो शुरुआत है तेरी महफिल में आया हूँ
मौके तो बहुत मिलेंगे सुन ने सुनाने वाले ।

39.

बहुत दिनों से शहर में ये शांति क्यूँ कर
मेरी हाज़िरी में नहीं कोई आदमी क्यूँ कर

शहर में सुनो फिर से एक दंगा होना चाहिये
मेरी यहाँ जश्न उनके वहाँ रोना होना चाहिये

सियासतदाँ को सियासतदाँ नज़र आना जरूरी है
उसको चेहरे से भी थोड़ा मक्कार होना चाहिये

जो मरेंगे दे देंगे उनको कुछ सिक्के खैरात में
कुछ बेकसूर मरें कुछ को आधा ज़िन्दा होना चहिये

कब से कह रहा हूँ उनसे मुझे भी वज़ीर बना दो
याद रहे अबके मेरे साथ कौम का हर बन्दा होना चाहिये ।

40.

लौट कर आयेगा फागुन जरा मुस्कुरा कर देखो
तुम खुद से खुद को इकबार जरा मिलवा कर देखो

वो जो चला गया था छोड़ कभी मादरेवतन अपना
उस भटके हुऐ को प्यार से जरा बुला कर देखो

बेघर कर गयीं थी इकदिन नफ़रतों की आँधिया जिसको
घर उस मज़लूम का तुम जरा बसा कर तो देखो

ये ज़िन्दगी हो जायेगी तेरी आसान बहुत
घर किसी गरीब की बेटी का बना कर तो देखो

जला दिया था नफ़रतों की आन्धियों ने घर जिसका
एक बार मोहब्बत से उसका घर सजा कर तो देखो ॥

41.

रहने का ठिकाना मिल गया मुझको
उसके घर(दिल) का पता मिल गया मुझको

मोहब्बत मिला करती है जिस दर से
दर उस नाखुदा का मिल गया मुझको

भटकता था कई दिन से भूखा प्यासा
खाने को आबो-दाना मिल गया मुझको

मेरे इंतेज़ार में गुज़ार दी उम्र जिसने
वो (मेरा) जाने-जाना मिल गया मुझको

बहुत तरसा हूँ जामे-उल्फ़त पीने को
वो हसीं मयकदा मिल गया मुझको

कई दिन से (था) उत्सव मनाया नहीं हमने
आज फिर बहाना मिल गया मुझको ।

42.

इस से पहले की अपनी नीयत बदल जाए
आओ एक साँचें में हम ढल जाएँ

इससे पहले की मिट जाएँ हम तुम
आओ अपने निशां छोड़ ज़मीं पर जाएँ

चलो सफ़र मुश्किल को आसाँ बनाएं
आओ रुह से रुह में हम उतर जाएँ

ज़ख़्मों पर मलहम सबके लगाते चलें हम
आओ रोतों को यहाँ हँसा कर हम जाएँ

याद रहें दुनिया को हम सदियों तलक
आओ ऐसी कहानी एक खुशनुमा बन जाएं

इससे पहले कि ज़िंदगी यूँही गुज़र जाये
आओ कुछ पल साथ बिताने हम ठहर जाएं।

43.

मियाँ मजबूरियों का रब्त अक्सर टूट जाता है
वफ़ायें ग़र न हों बुनियाद में घर टूट जाता है

शिनावर को कोई दलदल नहीं दरिया दिया जाये
जहाँ कमज़र्फ बैठे हों सुखनवर टूट जाता है

अना खुद्दार की रखती है उसका सर बुलन्दी पर
किसी पोरस के आगे हर सिकन्दर टूट जाता है

हम अपने दोस्तों के तंज़ सुनकर मुस्कुराते हैं
मगर उस वक़्त कुछ अन्दर ही अन्दर टूट जाता है

मेरे दुश्मन के जो हालात हैं उनसे ये ज़ाहिर है
कि अब शीशे से टकराने पे पत्थर टूट जाता है

संजो रक्खी हैं दिल में कीमती यादें मगर फिर भी
बस इक नाज़ुक सी ठोकर से ये लॉकर टूट जाता है

किनारे पर नहीं ऐ दोस्त मैं खुद ही किनारा हूँ
मुझे छूने की कोशिश में समन्दर टूट जाता है

44.

दूर रह के भी तुम साथ निभाते रहना
हरएक मौसम में हमें तुम हँसाते रहना

जबसे गये तुम हर शाम ये आदत ठहरी
खड़े हो खिड़की में हाथ हिलाते रहना

जब कभी सावन में झूला झुलो बागों में
पिंग देने को हमें तुम बुलाते रहना

जाने आँखों को ये हुनर कहाँ से आया
मेरी बात तेरी तस्वीर से कहते रहना

हम कहीं भी रहें हर हाल तुम्हारे होंगे
हमने सीखा क़ौलो क़सम निभाते रहना

45.

माँ तुम्हारे चरणों में शीश नवाने आया हूँ
श्रद्धा सुमन ले के माँ तुम्हें मनाने आया हूँ

एक दीप सब के लिये माँ मैं जलाने आया हूँ
तम दूर हो हृदय से सबके ये कहने आया हूँ

भूखा नंगा कोई ना हो माँ तेरी इस दुनिया में
सबको रोटी कपड़ा हो ये याचना करने आया हूँ

ना हाथ पसारे यहाँ कोई कभी किसी के आगे
इतना धन सबको देना ये प्रार्थना लेके आया हूँ

तू तो जग जननी है माँ दया सभी पर करना
सबका कल्याण हो माँ इस आशा से आया हूँ ।

46.

छोड़ गये क्यूँ ये तो बताते जाते
सिलसिले इतने तो थे कि निभाते जाते

बेवज़ह चले जाने से तो बेहतर था
खफ़ा होते तुम और हम मनाते जाते

मोहब्बत तुझसे ना होती तो मर जाते
क्यूँ लौ तेरी में खुद को जलाते जाते

बिछड़ के हम से तुम भी बहुत रोते हो
खुशी गम के गीत साथ ही गाते जाते

तुम्हारी वफ़ा में कोई कमी नहीं जाना
अच्छा होता "अशोक" की वफा समझते जाते ।

47.

कुछ नहीं जानते लोग दिल को दुखाने के सिवाय
कोई काम नहीं उनको उंगलियाँ उठाने के सिवाय

कौन सुनता है यहाँ पर दर्द-ए-दिल किसी का
नहीं फुर्सत किसी को अपनी सुनाने के सिवाय

कर दिया दिल-ओ-जान को हमने जिसके हवाले
उसने हमें कुछ ना दिया एक रोने के सिवाय
वो सब का रहा बन के यहाँ एक अपने सिवाय

साथ जिनके हम मोहब्बत की कश्ती में चले थे
उनको भी कोई ना मिला हमें डूबोने के सिवाय
सब कुछ मिला यहाँ हमको एक उसके सिवाय

क्या कहूँ क्या ना कहूँ मैं ये समझ नहीं आता
सब मिला "अशोक" को मुहब्बत के ख़ज़ाने के सिवाये ।

48.

दिल   जरा   हमसे   लगा   के   देखना
ख़्यालों   में   हमेंबसा   के   देखना

खिल   उठेगा   तुम्हारा   तन   और   मन
बाहों   में   हमारी   समा   के   देखना

दूरियों   में   क़ैद   है   अपनी   ज़िन्दगी
याद   कर   हमें   मुस्कुरा   के   देखना

तन्हाई   तुमको   जब   सताने   लगें
गीत   तुम   मेरे   तब   गा   के   देखना

मिलेगी   रोशनी   प्रेम   पथ   पर   तुम्हें
इक   दीप   प्यार   का   जला   के   देखना   ।

49.

परेशाँ को अब तो संवर जाने दे
तिलिस्म अपना अब तो बिखर जाने दे

बहुत हो गये हैं सितमगर सितम तेरे
खुशी से दामन अब तो छलक जाने दे

गया है सिमट जो अन्धेरों में जाने कबसे
घर वो उजालों से अब तो दमक जाने दे

रह के भूखा ज़िन्दगी गुजार दी जिसने
पेट उस मुफ़लिस का अब तो भर जाने दे

भटक गये हैं "अशोक" जो रास्ता अन्धेरों में
रबा उन्हें लौट कर अब तो घर आने दे ।

50.

हम घर को सजा लेंगे तुम आओ तो सही
तुम्हें दिल में बसा लेंगे तुम आओ तो सही

उखड़ी हुयी पटरी है और टूटी हुयी सड़कें
तुम्हें हाथ में उठा लेंगे तुम आओ तो सही

फिर मिले न मिले फ़ुर्सत दुनिया के मसाइल से
अज़ल हर लम्हा बना लेंगे तुम आओ तो सही

कुछ बिखरे हर्फ़ टूटे हुए ख़्वाब पास हमारे
हर्फ़ ख़्वाबों को सजा लेंगे तुम आओ तो सही

इक हिम्मत के सिवा साथ कुछ भी नहीं लाये
नये रास्ते हम निकालेंगे तुम आओ तो सही ।

51.

जबसे उसने गुलाब ज़ुल्फ़ों में लगा रखा है
हुस्न से अपने चमन सारा महका रखा है

ठहर जातें हैं लोग अक्सर देख सूरत उसकी
रब ने नूर कुछ ऐसा उसको कर अता रखा है

लोगों मुझ पे मिल सब तुम बरसते क्यूँ हो
मैंने ही नहीं सबने उसको बना ख़ुदा रखा है

उसके नाम से हमेंअब जाने हैं दुनिया वाले
खुद को ऐसा हमने मुहब्बत में गंवा रखा है

जिसने चखा न स्वाद मुहब्बत का वो क्या जाने
नामे मुहब्बत किसी ने किसलिए सज़ा रखा है ।

52.

घर की बगिया में कोयल बोली हैं अबके
घर के आँगन में कली गुलाब लगी हैं अबके

पेड़ पे आम के बौर खूब आयी है अबके
बाग में अपने कोयलिया गायी है अबके

पेड़ सूखा था वो भी फल गयामेरेघर का
दिल में मेरे भी तो मोहब्बत जागी है अबके

ये दिल करता रहा था अब तक तलाश जिसकी
वो खुशी गले हमारे आके मिली है अबके

कसर तो कोई न छोड़ी बेरहम मौसम ने
पर दुआ से माँ की फसल खुब हुई है अबके

के बदल रहा है माहौल वतन प्यारे का अपने
पेट भरेंगे कोई भूखा सोयेगा अबके ।

53.

जब   भी   मौसम   ने   ली   है   अंगड़ाई
तेरी   याद   चुपके   से   है   चली   आई

छाई   जब   घनघोर   घटा   काली   अम्बर   पे
मुझे   तेरी   आँखों   के   काजल   की   याद   आई

चमक   रही   थी   बिजली   जब   दूर   बादल   में
मुझे   तेरी   आँखों   की   चमक   याद   आई

टपक   रहा   था   बूँद-बूँद   पानी   जब   बारिश   का
मुझे   तेरी   भीगी   जुल्फों   से   टपकते   मोतियों   की   याद   आई

गुलाब   की   पंखुड़ी   से   फिसलते   आब   को   देख
मुझे   तेरे   होठों   से   छू   कर   गिरती   हुई   शराब   याद   आई

जब   भी   देखा   बादलों   को   आँख   मिचौली   खेलते   चँदा   से
मुझ   को   तेरे   चाँद   से   गोल   चेहरे   की   याद   आई

सूरज   की   पहली   किरणों   ने   जब   छूआ   धरती   को
मुझे   तेरी   अंग-अंग   से   निकलते   नूर   की   याद   आई ।

54.

हम उन्हें दर्द-ए-दिल क्या सुना बैठे
उनकी नज़र में खुदको गुनहगार बना बैठे

रुख हवाओं ने अपना कुछ यूँ बदला के
चलाये तीर अपने हम खुद ही ख़ा बैठे

आंधियों जरुरत नहीं अब तुम्हारी मत आना
जो दिल में जलाया था वो दिया खुद ही बुझा बैठे

चैन ओ' सुकूँ लुटा लुत्फे ज़िन्दगी जाता रहा
राहे मोहब्बत पे जब से हमसफ़र अपना गंवा बैठे

चले भी आओ अब तुम बिन जीया नहीं जाता
तुम्हारी ख़ातिर हर दर पे ख़ुदा के सर झुका बैठे

आँख रोयी दिल ने ख़ामोश रह सुकूँ पाया
यूँ मगर हम मज़ा ग़म का गंवा बैठे ।

55.

मोहब्बत ने मेरी गलत बात नहीं की कभी कोई तुझसे
साथ रहने की ज़िद्द भी जाना नहीं की मैंने कभी तुझसे

मुझे दिल में रख लो अपने एक ये ही मेरी फरियाद रही तुझसे
मोहब्बत हर किसी से नहीं होती जैसी जान हो गयी तुझसे

है शामिल पाक मोहब्बत में मेरी तू रुह
तेरी जिस्म की नहीं कोई चाह तुझसे

मुझे मौत नहीं तू ज़िन्दगी देगी है ज़िन्दगी
ये ही मुझे उम्मीद तुझसे

56.

तुम अपना मुझको बना क्यूँ नहीं देते लेते
ज़िन्दगी से ज़िन्दगी मिला क्यूँ नहीं देते लेते
तुम अपना हमको बना क्यूँ नहीं देते

किस वासिते रखे हैं ये फासले तुम ने
ये फ़ासिले अब तुम मिटा क्यूँ नहीं देते
ज़िन्दगी से ज़िन्दगी मिला क्यूँ नहीं देते

अब गवारा नहीं शबो रोज़ की उलझन
तुम मिरे हो सब से बता क्यूँ नहीं देते
ज़िन्दगी से ज़िन्दगी मिला क्यूँ नहीं देते

रह रह के मंज़ूर तड़पना नहीं मुझको
तुम आबे हयात पिला क्यूँ नहीं देते
ज़िन्दगी से ज़िन्दगी मिला क्यूँ नहीं देते

बावफ़ा हूँ ये यकीं कर ना ही होगा
शक़ दिल में है तो हटा क्यूँ नहीं देते
ज़िन्दगी से ज़िन्दगी मिला क्यूँ नहीं देते

तुम अपना मुझ को बना क्यूँ नहीं देते
ज़िन्दगी से ज़िन्दगी मिला क्यूँ नहीं देते

57.

हमारी बातें वो फिर से हमें ही सुनाने आये
बनके वो दोस्त हमारा दिल फिर से दुखाने आये

फूल तो क्या लाते वो दोस्त साथ अपने हमारे लिये
ज़ख्म ले के वो साथ अपने देने को वो ही पुराने आये

वो अपनी दुनिया में खुशहाल जीया करता है
उस की खुशियों की एक दास्ताँ वो हमें सुनाने आये

उनको अच्छा नहीं लगता शायद हमारा उस बिन जीना
तभी उम्र भर के लिये वो हमें मीठी नींद सुलाने आये।

58.

टूट-टूट के क्युँ बिखरा हूँ तुझे बताऊँ क्या
क्यूँ रो रहा दिल मेरा तुझे सुनाऊँ क्या

मेरे भी घर में चाँद था तुझे बताऊँ क्या
अब घर में है अन्धेरा क्यूँ तुझे सुनाऊँ क्या

ज़िन्दगी पुर बहार थी तुझे बताऊँ क्या
अब पतझड़ ही पतझड़ है तुझे सुनाऊँ क्या

कहने को बहुत कुछ "अशोक" की जुबान पे है
किस्सा-ए-बेवफाई अब तुम को सुनाऊँ क्या ।

59.

मिला के दिल से दिल वो शख़्स बदल गया
रस्ते बदल गया वो शख़्स निगाहें बदल गया

फिदा रहा जो कभी मेरी हर एक बात पर
टोकता है वो अब मुझे. बात बात पर
आहें वो दे गया मुझे दर्द वो दे गया
अपना अन्दाज़ ए बयाँ वो शख़्स बदल गया

मिल भी गया कहीं तो चुप ही रहेंगे हम
अपनी दास्ताँ उसके चेहरे पे पढ़ा करेंगे हम
हमारी बाँहों में जो कभी था सिमट गया
किसी और के लिये वो शख़्स बदल गया

गुजरता नहीं था दिन जिसका कभी मेरे बगैर
रातें नहीं थी रोशन जिसकी कभी मेरे बगैर
खाता था कसमे जो ना जीएगा मेरे बगैर
देख के दौलत जहाँ की वो शख़्स बदल गया

मिला के दिल से दिल वो शख़्स बदल गया
रस्ते बदल गया वो शख़्स निगाहें बदल गया

60.

मैं चाहे जितना भूलूँ वो ज़माने याद आते हैं
खुमार-आलूद माज़ी के फ़साने याद आते हैं ।

हमारी उम्र-ए-रफ़्ता वापस आ जाती है कुछ पल को
कभी जब यार अपने......कुछ पुराने याद आते हैं ।

न पिज़्ज़ा था, न बर्गर था, थी बिरयानी कबाब अंडे
भर आता मुँह में पानी...जब वो खाने याद आते हैं ।

मेरा पैमां-शिकन दिलबर, और उसकी दिल-शिकन बातें
वह झूठी क़समें, वह झूठे......बहाने याद आते हैं ।

हज़ारों दिल जिन्हें सुन कर, धड़क उठते थे मस्ती में
रफ़ी साहब के वो नग्में वह पुराने याद आते हैं ।

कभी दौर-ए-जवानी भूल, बचपन में अगर झाँका
तो क़िस्से और भी क्या क्या न जाने याद आते हैं ।

पड़ी जब डांट अब्बू की, तसल्ली देना अम्मी का
सताना बहनों का, भाई के ताने याद आते हैं ।
बुरे हालों में अक्सर दिन पुराने याद आते हैं ।

61.

मिला के दिल से दिल वो शख़्स बदल गया
रस्ते बदल गया वो शख़्स निगाहें बदल गया

फिदा रहा जो कभी मेरी हर एक बात पर
टोकता है वो अब मुझे बात-बात पर
आहें वो दे गया मुझे दर्द वो दे गया
अपना अन्दाज़ ए बयाँ वो शख़्स बदल गया

मिल भी गया कहीं तो चुप ही रहेंगे हम
अपनी दास्ताँ उसके चेहरे पे पढ़ा करेंगे हम
हमारी बाहों में जो कभी था सिमट गया
किसी और के लिये वो शख़्स बदल गया

गुजरता नहीं था दिन जिसका कभी मेरे बगैर
रातें नहीं थी रोशन जिसकी कभी मेरे बगैर
खाता था कसमें जो ना जीयेगा मेरे बगैर
देख के दौलत जहाँ की वो शख़्स बदल गया

मिला के दिल से दिल वो शख़्स बदल गया
रस्ते बदल गया वो शख़्स निगाहें बदल गया ॥